にほんご

超入門

元氣日語編輯小組　編著

日語
50音教室

編者的話

　　日本是亞洲文化輸出大國。不管身在哪個角落，吃的日式美食、商家擺放的招財貓、讓人愈陷愈深的日劇、架上最新的藥妝產品、陪伴我們一起長大的動漫遊戲……。無處不在的日本文化，挑起許多人學習日語的慾望，而五十音就是學習日語的第一步。

　　日語究竟是怎樣的一種文字呢？其實日本古代並沒有自己的文字，直到與中國隋、唐接觸之後，才引進漢字做為書寫紀錄的工具，並參照草書簡化為「平假名」，利用楷書偏旁造出「片假名」。

　　為什麼學習日語，要先學平假名和片假名呢？因為日語的平假名就像中文的注音符號一樣，每個假名都有固定的發音，如果不會唸，就無法開口說日語。此外，平假名除了當發音之外，它本身還是文字，因此不會平假名，便無法讀寫日語。至於片假名，是標示日語外來語必要的工具，所以豈可不會？

　　《超入門　日語50音教室》除了介紹基礎清音、濁音、半濁音、拗音、促音、長音等平假名、片假名，也提供初學者發音及習寫練習，並整理出五類生活常用單字與會話，絕對讓你可以從習寫中，輕鬆背下超過200個單字！

　　元氣日語編輯小組為了更增進初學者的學習信心，《超入門　日語50音教室》全書特別以羅馬拼音標音，方便初學者記憶，增加學習成效。若能搭配隨書附贈的MP3學習，眼到、耳到、口到、心到、手到，一定能學會最正確的五十音，跨出日語學習第一步！希望大家能愉快地學習！

元氣日語編輯小組

如何使用本書

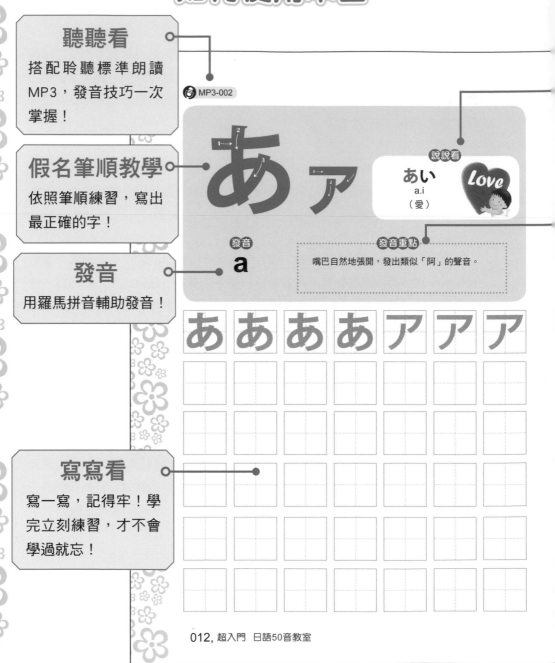

聽聽看

搭配聆聽標準朗讀 MP3,發音技巧一次掌握!

假名筆順教學

依照筆順練習,寫出最正確的字!

發音

用羅馬拼音輔助發音!

寫寫看

寫一寫,記得牢!學完立刻練習,才不會學過就忘!

MP3-002

あ ア

說說看

あい
a.i
(愛)

Love

發音
a

發音重點

嘴巴自然地張開,發出類似「阿」的聲音。

あ あ あ あ ア ア ア

012, 超入門 日語50音教室

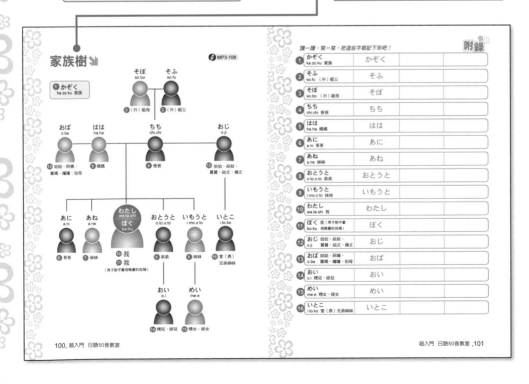

目次

編者的話 …………………………………………………… 3

如何使用本書 ……………………………………………… 4

日語音韻表 ………………………………………………… 8

清音　第一單元　　10

あ・い・う・え・お	12
か・き・く・け・こ	17
さ・し・す・せ・そ	22
た・ち・つ・て・と	27
な・に・ぬ・ね・の	32
は・ひ・ふ・へ・ほ	37
ま・み・む・め・も	42
や・ゆ・よ	47
ら・り・る・れ・ろ	50
わ・を	55
ん	57

濁音・半濁音　第二單元　　58

が・ぎ・ぐ・げ・ご	60
ざ・じ・ず・ぜ・ぞ	62
だ・ぢ・づ・で・ど	64
ば・び・ぶ・べ・ぼ	66
ぱ・ぴ・ぷ・ぺ・ぽ	68

拗音　第三單元　70

きゃ・きゅ・きょ	72
しゃ・しゅ・しょ	74
ちゃ・ちゅ・ちょ	76
にゃ・にゅ・にょ	78
ひゃ・ひゅ・ひょ	80
みゃ・みゅ・みょ	82
りゃ・りゅ・りょ	84
ぎゃ・ぎゅ・ぎょ	86
じゃ・じゅ・じょ	88
びゃ・びゅ・びょ	90
ぴゃ・ぴゅ・ぴょ	92

促音・長音　第四單元　94

っ	96
ー	97

附錄　98

家族樹	100
日本重要地名	102
菜單	104
動物	106
打招呼用語	108
日文輸入法介紹	110

日語音韻表

🎤 MP3-001

〔清音〕

	あ段	い段	う段	え段	お段
あ行	あ ア a	い イ i	う ウ u	え エ e	お オ o
か行	か カ ka	き キ ki	く ク ku	け ケ ke	こ コ ko
さ行	さ サ sa	し シ shi	す ス su	せ セ se	そ ソ so
た行	た タ ta	ち チ chi	つ ツ tsu	て テ te	と ト to
な行	な ナ na	に ニ ni	ぬ ヌ nu	ね ネ ne	の ノ no
は行	は ハ ha	ひ ヒ hi	ふ フ fu	へ ヘ he	ほ ホ ho
ま行	ま マ ma	み ミ mi	む ム mu	め メ me	も モ mo
や行	や ヤ ya		ゆ ユ yu		よ ヨ yo
ら行	ら ラ ra	り リ ri	る ル ru	れ レ re	ろ ロ ro
わ行	わ ワ wa				を ヲ o
	ん ン n				

〔濁音・半濁音〕

が ガ **ga**	ぎ ギ **gi**	ぐ グ **gu**	げ ゲ **ge**	ご ゴ **go**
ざ ザ **za**	じ ジ **ji**	ず ズ **zu**	ぜ ゼ **ze**	ぞ ゾ **zo**
だ ダ **da**	ぢ ヂ **ji**	づ ヅ **zu**	で デ **de**	ど ド **do**
ば バ **ba**	び ビ **bi**	ぶ ブ **bu**	べ ベ **be**	ぼ ボ **bo**
ぱ パ **pa**	ぴ ピ **pi**	ぷ プ **pu**	ぺ ペ **pe**	ぽ ポ **po**

〔拗音〕

きゃ キャ **kya**	きゅ キュ **kyu**	きょ キョ **kyo**	しゃ シャ **sha**	しゅ シュ **shu**	しょ ショ **sho**
ちゃ チャ **cha**	ちゅ チュ **chu**	ちょ チョ **cho**	にゃ ニャ **nya**	にゅ ニュ **nyu**	にょ ニョ **nyo**
ひゃ ヒャ **hya**	ひゅ ヒュ **hyu**	ひょ ヒョ **hyo**	みゃ ミャ **mya**	みゅ ミュ **myu**	みょ ミョ **myo**
りゃ リャ **rya**	りゅ リュ **ryu**	りょ リョ **ryo**	ぎゃ ギャ **gya**	ぎゅ ギュ **gyu**	ぎょ ギョ **gyo**
じゃ ジャ **ja**	じゅ ジュ **ju**	じょ ジョ **jo**	びゃ ビャ **bya**	びゅ ビュ **byu**	びょ ビョ **byo**
ぴゃ ピャ **pya**	ぴゅ ピュ **pyu**	ぴょ ピョ **pyo**			

清音表

	あ段（a）		い段（i）	
	平假名	片假名	平假名	片假名
あ行	あ	ア	い	イ
	a		i	
か行（k）	か	カ	き	キ
	ka		ki	
さ行（s）	さ	サ	し	シ
	sa		shi	
た行（t）	た	タ	ち	チ
	ta		chi	
な行（n）	な	ナ	に	ニ
	na		ni	
は行（h）	は	ハ	ひ	ヒ
	ha		hi	
ま行（m）	ま	マ	み	ミ
	ma		mi	
や行（y）	や	ヤ		
	ya			
ら行（r）	ら	ラ	り	リ
	ra		ri	
わ行（w）	わ	ワ		
	wa			
	ん	ン		
	n			

學習要點

● 就像學習英語要先學好英語字母一樣，學習日語，也要先學會日語的字母「假名」。

● 日語的每個假名分別有「平假名」和「片假名」，它們的寫法雖然不同，但是唸法是相同的，例如「あ」和「ア」唸法都是「a」。

● 假名之中最基礎的是五十音，以母音和子音分門別類，母音稱作「段」，子音稱作「行」，假名的發音都是由子音和母音構成。

清音

う段（u）		え段（e）		お段（o）	
平假名	片假名	平假名	片假名	平假名	片假名
う	ウ	え	エ	お	オ
u		e		o	
く	ク	け	ケ	こ	コ
ku		ke		ko	
す	ス	せ	セ	そ	ソ
su		se		so	
つ	ツ	て	テ	と	ト
tsu		te		to	
ぬ	ヌ	ね	ネ	の	ノ
nu		ne		no	
ふ	フ	へ	ヘ	ほ	ホ
fu		he		ho	
む	ム	め	メ	も	モ
mu		me		mo	
ゆ	ユ			よ	ヨ
yu				yo	
る	ル	れ	レ	ろ	ロ
ru		re		ro	
				を	ヲ
				o	

● 所謂「五十音」指的就是「清音」，雖然名為「五十音」，但是其實只有四十五個音喔！

● 「鼻音ん」在表格中雖然與「清音」放在一起，但是其實它並不算在五十音之內。

● 除了「清音」「鼻音」之外，其他還有「濁音」「半濁音」「拗音」「促音」「長音」等等，想要學好日語，有必要把這些好好背起來喔！

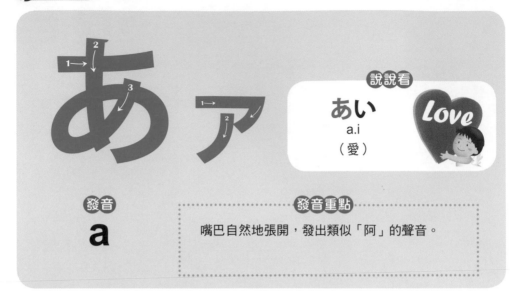

あ ア

說說看

あい
a.i
（愛）

發音

a

發音重點

嘴巴自然地張開，發出類似「阿」的聲音。

清音

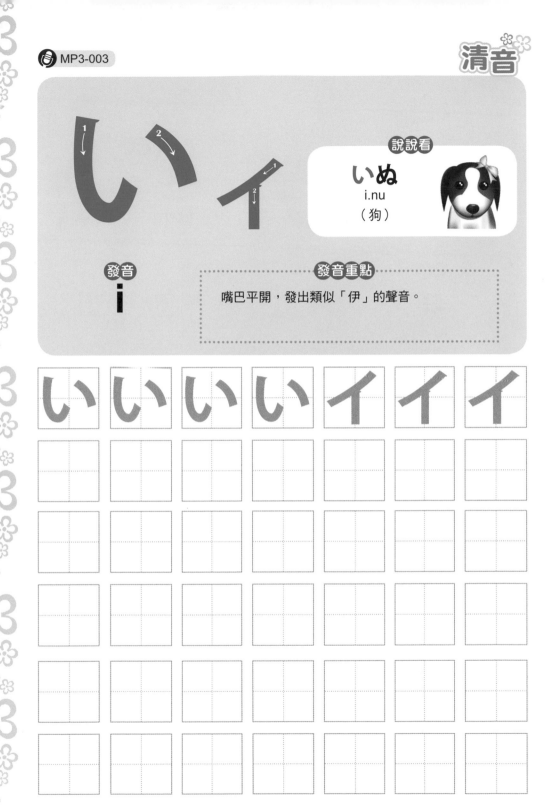

い イ

說說看

いぬ
i.nu
（狗）

發音

i

發音重點

嘴巴平開，發出類似「伊」的聲音。

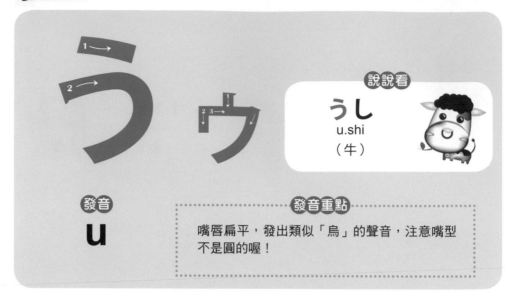

う

ウ

說說看

うし
u.shi
（牛）

發音

u

發音重點

嘴唇扁平，發出類似「烏」的聲音，注意嘴型不是圓的喔！

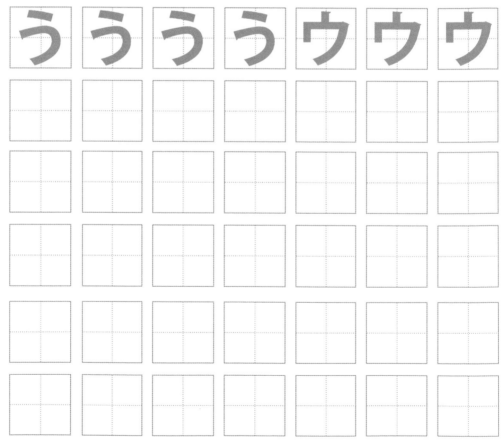

清音

え エ

說說看

え
e
（畫）

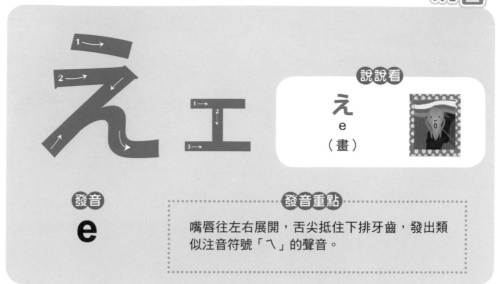

發音
e

發音重點
嘴唇往左右展開，舌尖抵住下排牙齒，發出類似注音符號「ㄟ」的聲音。

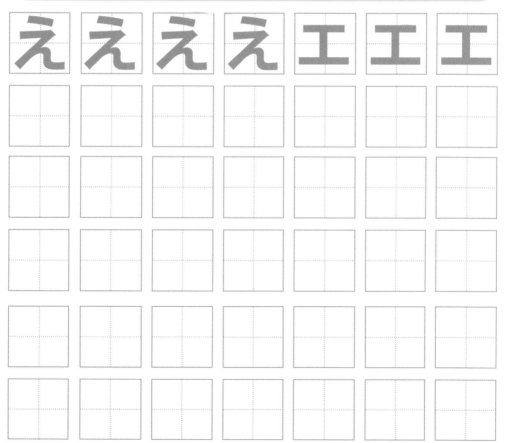

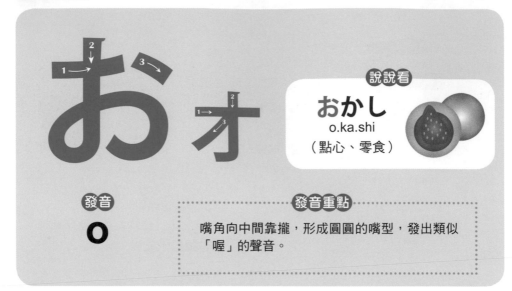

說說看

おかし
o.ka.shi
（點心、零食）

發音

o

發音重點

嘴角向中間靠攏，形成圓圓的嘴型，發出類似
「喔」的聲音。

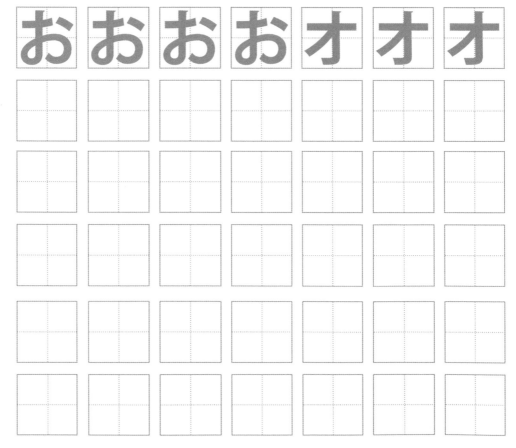

おおおおオオオ

か カ

かえる
ka.e.ru
（青蛙）

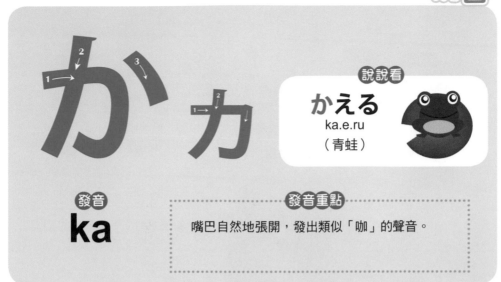

發音
ka

發音重點

嘴巴自然地張開，發出類似「咖」的聲音。

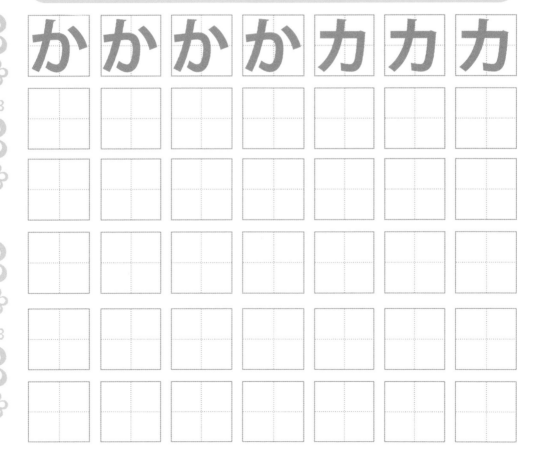

か か か か カ カ カ

說說看

きく
ki.ku
（菊花）

發音
ki

發音重點
嘴巴平開，發出類似台語「起床」的「起」的聲音。

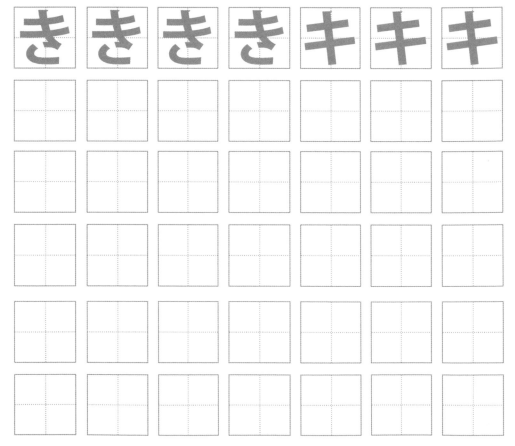

き き き き キ キ キ

清音

く ク

くつ
ku.tsu
（鞋子）

發音
ku

發音重點

嘴角向中間靠攏，發出類似「哭」的聲音。

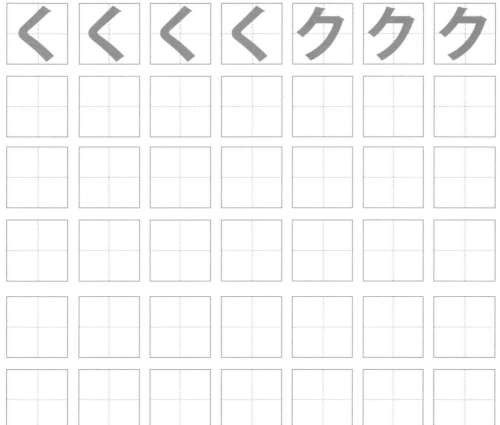

く く く く ク ク ク

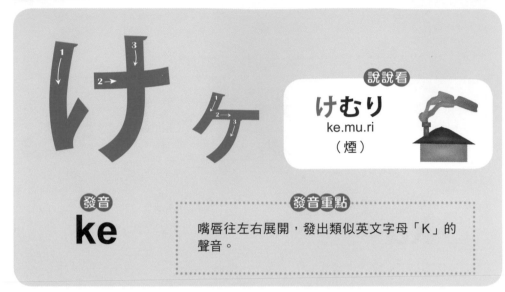

けむり
ke.mu.ri
（煙）

發音
ke

發音重點
嘴唇往左右展開，發出類似英文字母「K」的聲音。

| け | け | け | け | ケ | ケ | ケ |

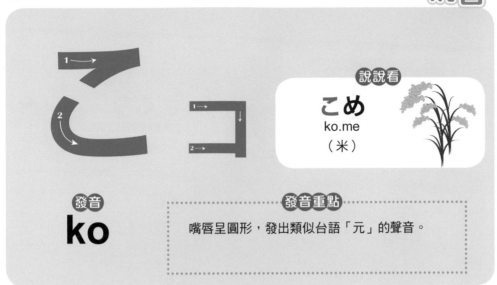

こ コ

說說看

こめ
ko.me
（米）

發音

ko

發音重點

嘴唇呈圓形，發出類似台語「元」的聲音。

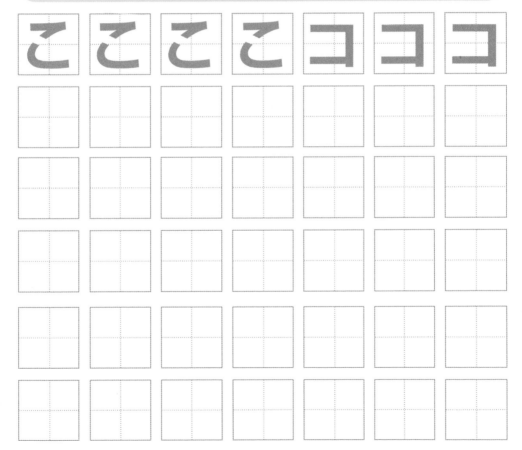

說說看

さくら
sa.ku.ra
（櫻花）

發音
sa

發音重點
嘴巴自然地張開，發出類似「撒」的聲音。

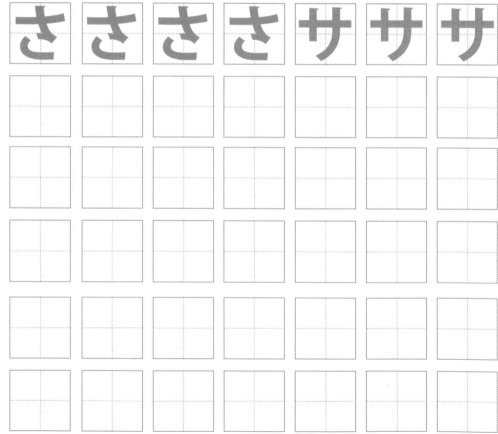

發音
shi

說說看
しお
shi.o
（鹽巴）

發音重點
牙齒微微咬合，嘴角往兩旁延展，發出類似「西」的聲音。

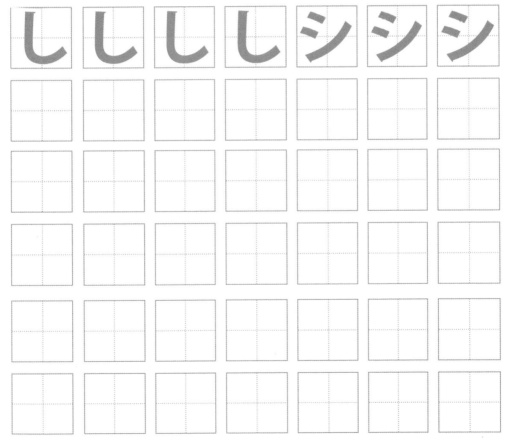

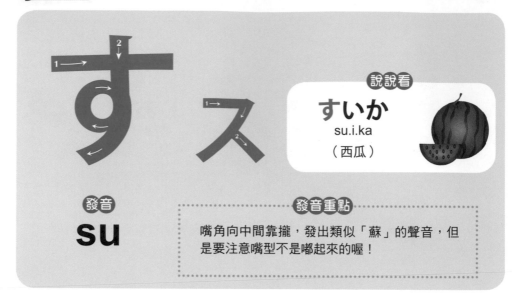

す ス

說說看

すいか
su.i.ka

（西瓜）

發音

su

發音重點

嘴角向中間靠攏，發出類似「蘇」的聲音，但是要注意嘴型不是嘟起來的喔！

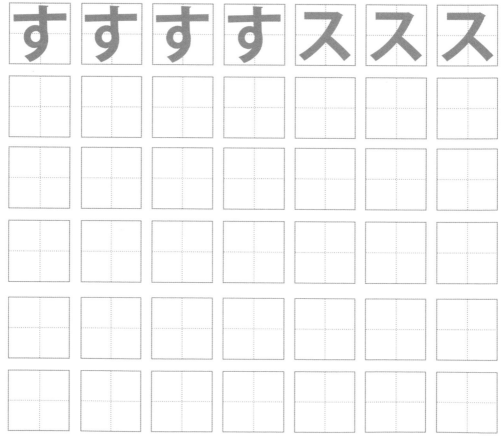

す	す	す	す	ス	ス	ス

清音

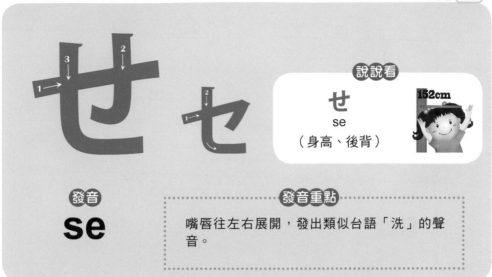

說說看

せ
se
（身高、後背）

152cm

發音

se

發音重點

嘴唇往左右展開，發出類似台語「洗」的聲音。

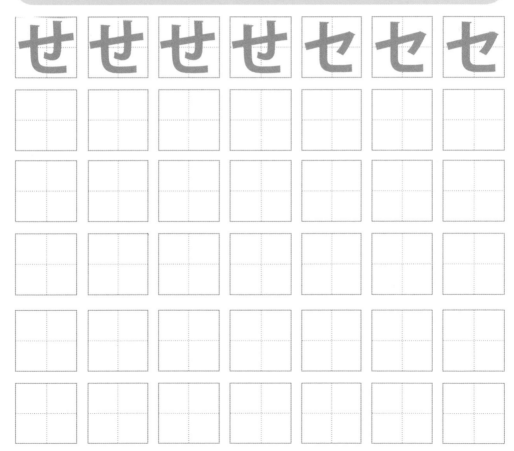

そ ソ

說說看

そら
so.ra
（天空）

發音

SO

發音重點

嘴唇呈圓形，發出類似「搜」的聲音。

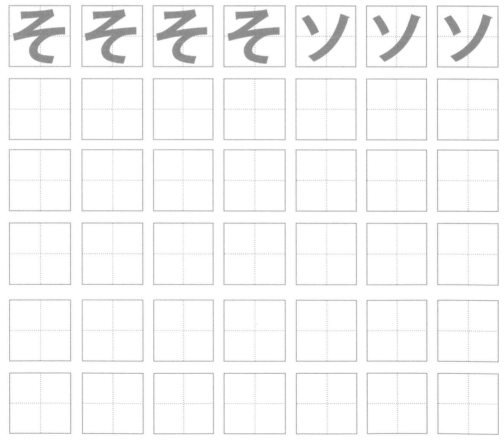

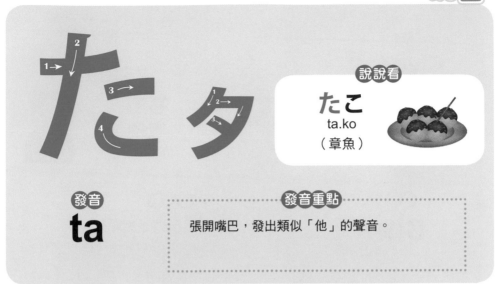

た　タ

說說看
たこ
ta.ko
（章魚）

發音
ta

發音重點
張開嘴巴，發出類似「他」的聲音。

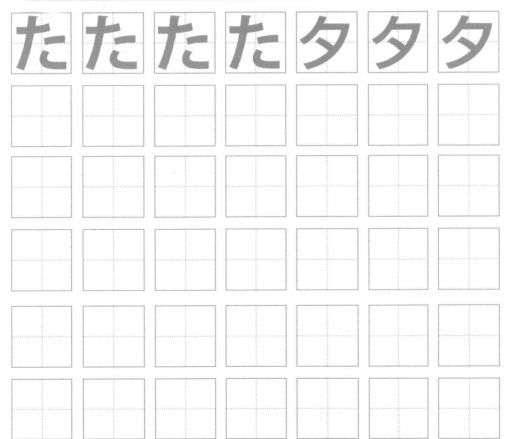

た　た　た　た　タ　タ　タ

ち　チ

說說看

ちち
chi.chi
（家父）

發音

chi

發音重點

嘴巴扁平，發出類似「七」的聲音。

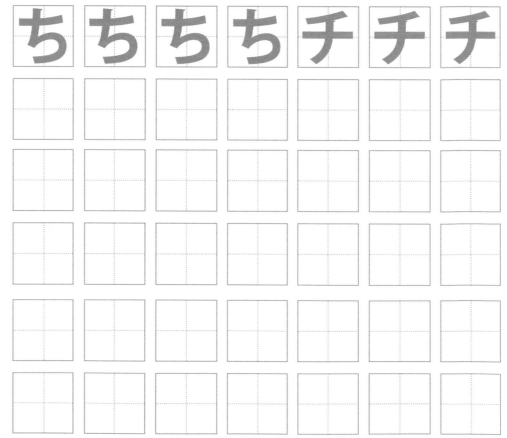

ち	ち	ち	ち	チ	チ	チ

清音

つ ツ

つき
tsu.ki
（月亮）

發音
tsu

發音重點

牙齒微微咬合，從牙齒中間迸出類似「粗」的聲音，但嘴型是扁的喔。

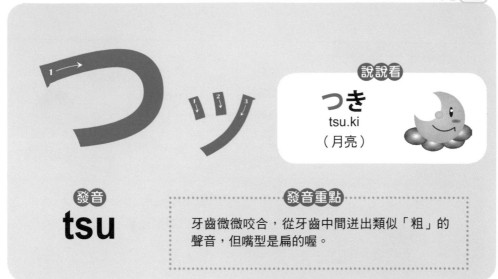

つ つ つ つ ツ ツ ツ

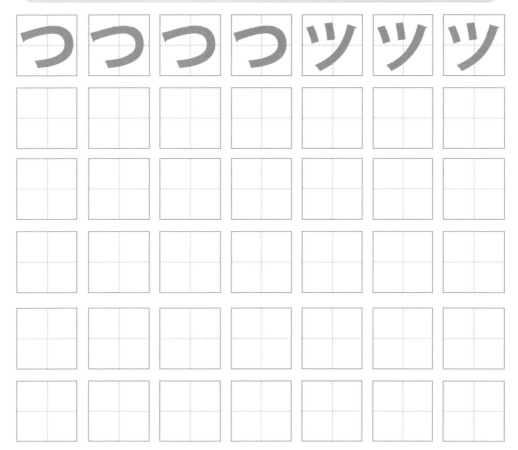

說說看

てんし
te.n.shi
（天使）

發音
te

發音重點

舌尖輕彈上齒，發出類似台語「拿起來」的「拿」的聲音。

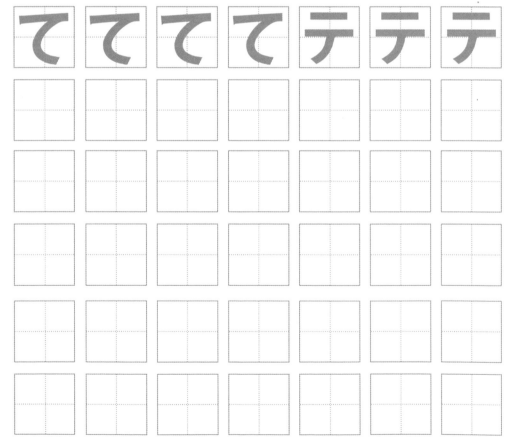

と　ト

說說看
とり
to.ri
（鳥）

發音
to

發音重點
嘴唇呈圓形，發出類似「偷」的聲音。

と　と　と　と　ト　ト　ト

說說看

にほん
ni.ho.n
（日本）

發音
ni

發音重點

舌頭抵住上齒，發出類似「你」的輕聲。

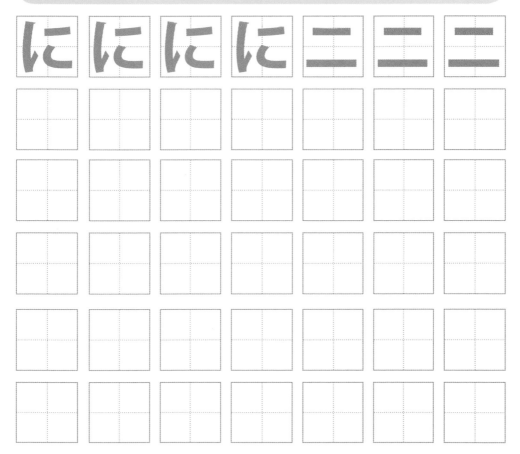

ぬ ヌ

ぬりえ
nu.ri.e
（著色畫（本））

發音
nu

發音重點

嘴角向中間靠攏，發出類似「奴」的輕聲。

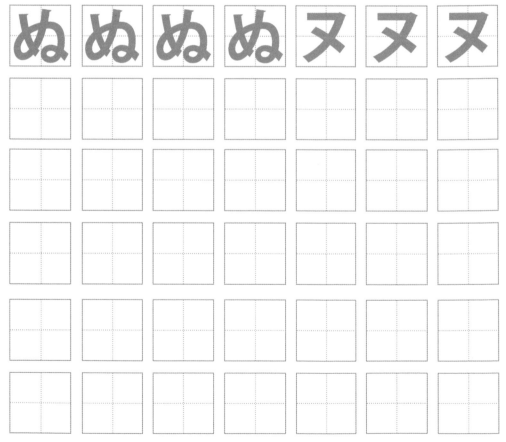

ぬ ぬ ぬ ぬ ヌ ヌ ヌ

ね　ネ

說說看

ねつ
ne.tsu
（熱、發燒）

發音
ne

發音重點
嘴巴向左右微開，發出類似「ろㄟ」的聲音。

ね　ね　ね　ね　ネ　ネ　ネ

の ノ

說說看
のりもの
no.ri.mo.no
（交通工具）

發音
no

發音重點
嘴唇呈圓形，發出類似英文「NO」的輕聲。

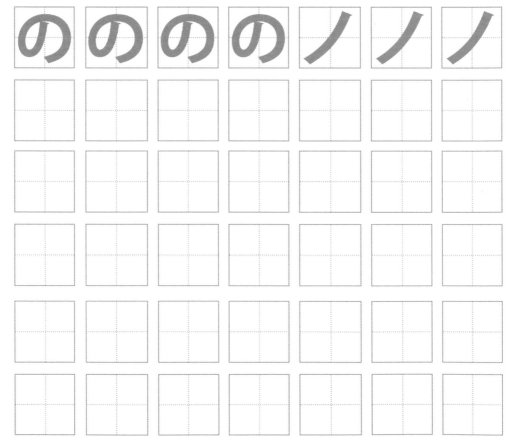

の の の の ノ ノ ノ

說說看

はは
ha.ha
（家母）

發音
ha

發音重點

張開嘴巴，發出類似「哈」的聲音。

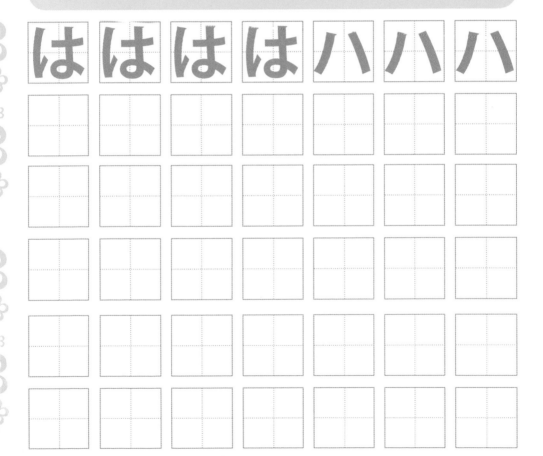

は	は	は	は	ハ	ハ	ハ

ひ ヒ

說說看

ひま
hi.ma
（閒暇）

發音
hi

發音重點

嘴角往兩側延展，發出類似台語「希」的聲音。

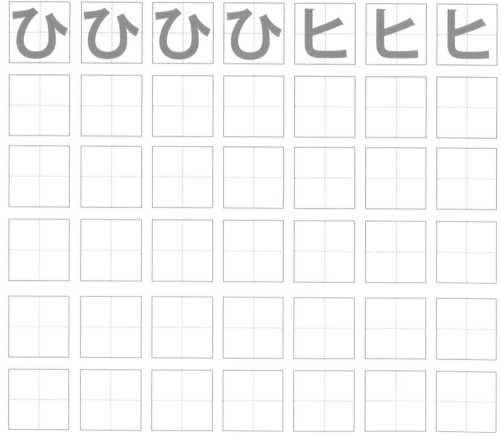

ひ ひ ひ ひ ヒ ヒ ヒ

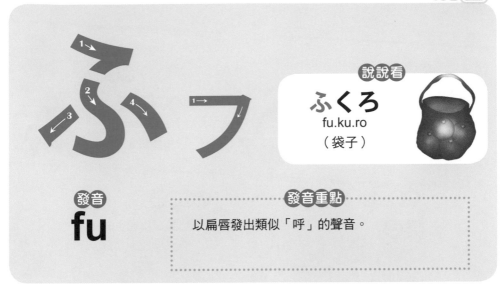

ふ フ

說說看

ふくろ
fu.ku.ro
（袋子）

發音
fu

發音重點

以扁唇發出類似「呼」的聲音。

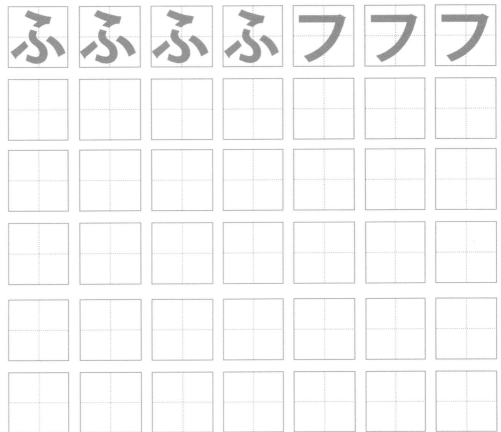

說說看

へちま
he.chi.ma
（絲瓜）

發音
he

發音重點
嘴角往左右拉平，發出類似「黑」的聲音。

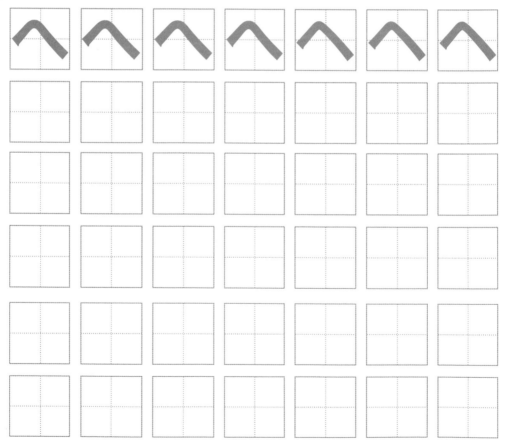

清音

說說看

ほん
ho.n
（書）

發音
ho

發音重點

嘴唇呈圓形，發出類似台語「下雨」的「雨」
的聲音。

ほ	ほ	ほ	ほ	ホ	ホ	ホ

說說看

まくら
ma.ku.ra
（枕頭）

發音
ma

發音重點

嘴巴自然地張開，發出類似「嗎」的聲音。

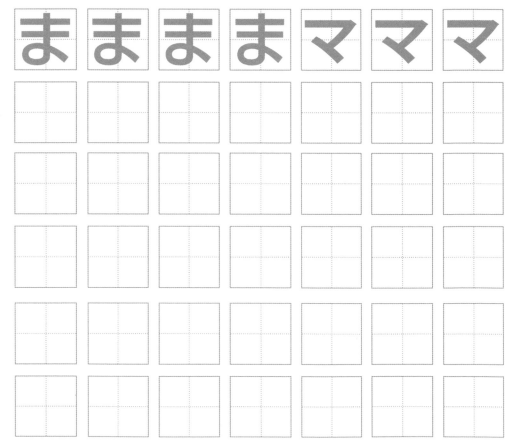

み　ミ

み　ミ

發音
mi

說說看

みそしる
mi.so.shi.ru
（味噌湯）

發音重點

嘴唇微微閉合，發出類似「咪」的聲音。

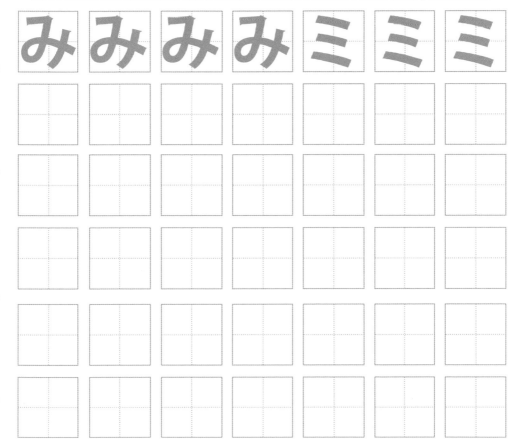

み　み　み　み　ミ　ミ　ミ

む ム

說說看

むすこ
mu.su.ko
（兒子）

發音

mu

發音重點

嘴角向中間靠攏，發出類似「木」的輕聲。

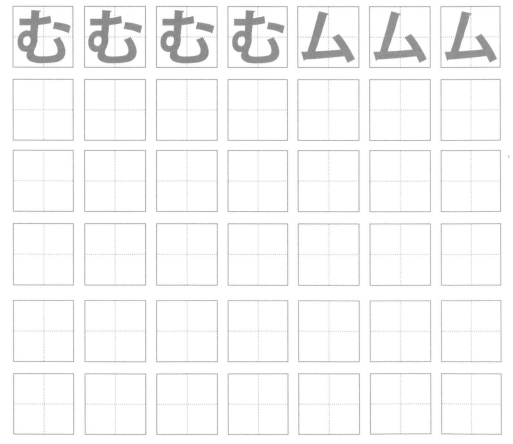

め メ

說說看

めまい
me.ma.i
（暈眩）

發音

me

發音重點

嘴巴扁平，發出類似「妹」的輕聲。

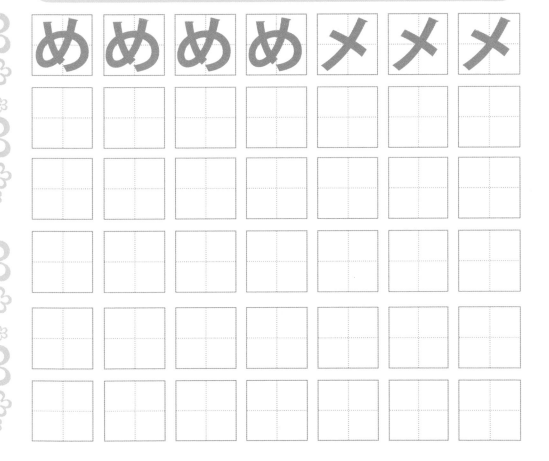

め め め め メ メ メ

說說看

もも
mo.mo
（桃子）

發音
mo

發音重點
嘴唇呈圓形，發出類似台語「毛」的聲音。

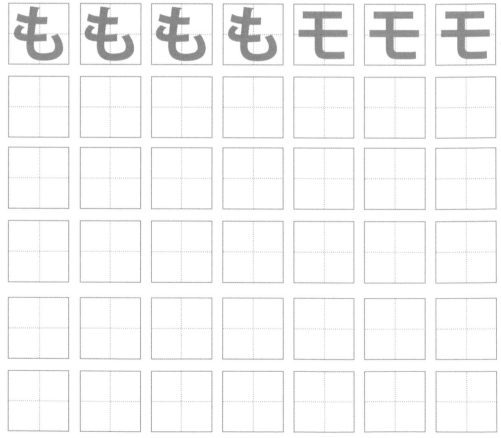

清音

說說看

やさい
ya.sa.i
（蔬菜）

發音
ya

發音重點

張開嘴巴，發出類似「呀」的聲音。

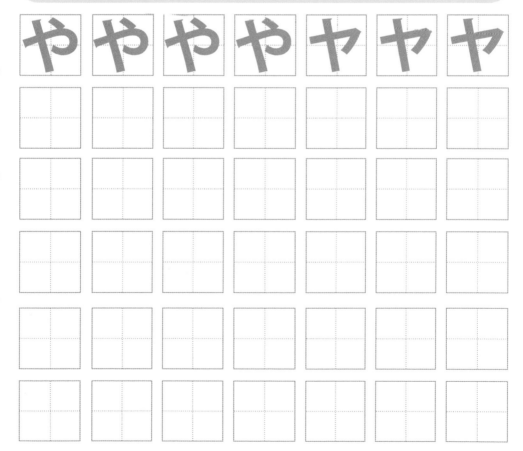

ゆ ユ

說說看

ゆき
yu.ki
（雪）

發音
yu

發音重點
嘴角向中間靠攏，發出類似台語「優」的聲音。

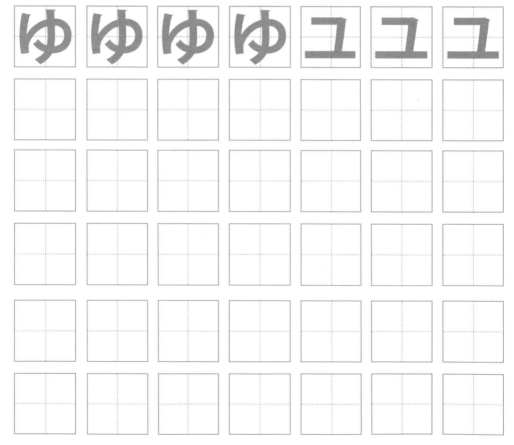

ゆ	ゆ	ゆ	ゆ	ユ	ユ	ユ

清音

よ ヨ

よる
yo.ru
（晚上）

發音
yo

發音重點

嘴唇呈圓形，發出類似「喲」的聲音。

よ　よ　よ　よ　ヨ　ヨ　ヨ

說說看

らん
ra.n
（蘭花）

發音

ra

發音重點

舌尖輕彈上齒，發出類似「啦」的聲音。

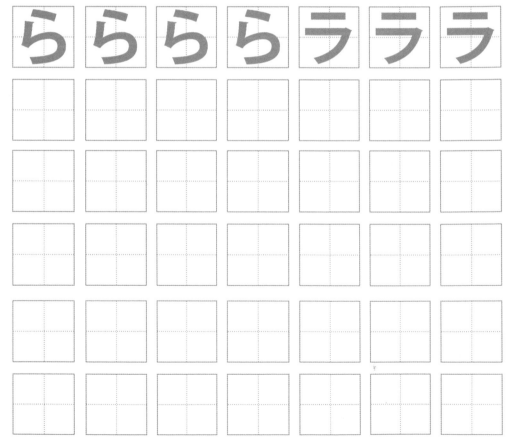

清音

 リ

說說看

りす
ri.su
（松鼠）

發音
ri

發音重點

舌尖輕彈上齒，發出類似「哩」的聲音。

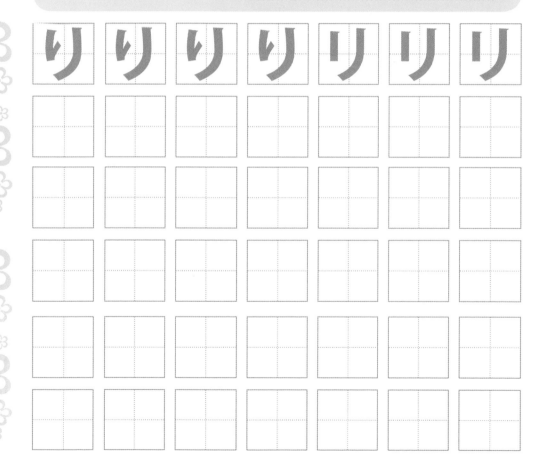

る ル

發音
ru

說說看

るすろく
ru.su.ro.ku
（語音信箱）

發音重點

舌尖輕彈上齒，發出類似「嚕」的聲音。

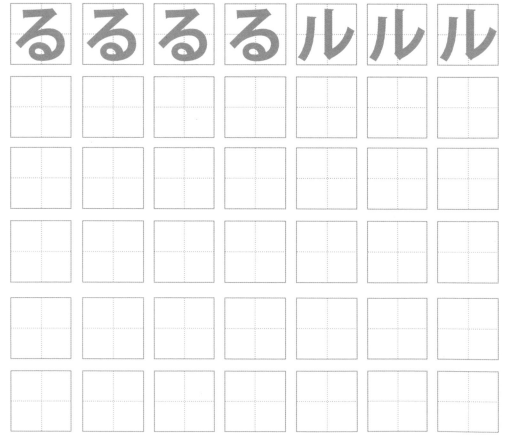

る　る　る　る　ル　ル　ル

れ レ

說說看

れんあい
re.n.a.i
（戀愛）

發音
re

發音重點

舌尖輕彈上齒，發出類似「勒」的聲音。

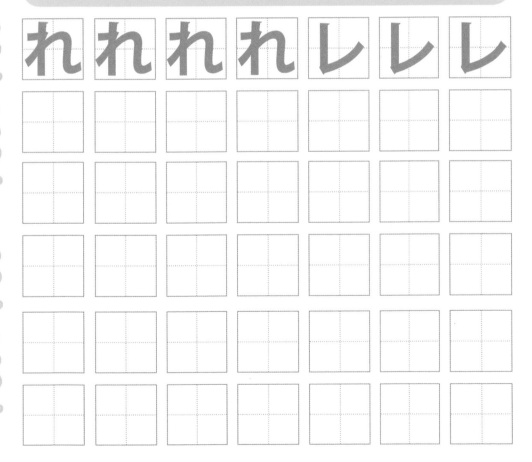

說說看

ろてん
ro.te.n
（攤販）

發音

ro

發音重點

舌尖輕彈上齒，發出類似「摟」的聲音。

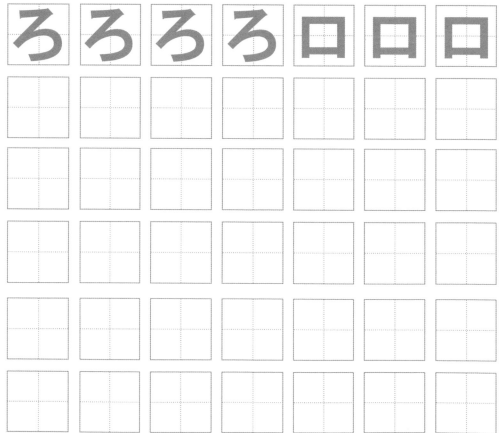

わ ワ

說說看

わたし
wa.ta.shi
（我）

發音

wa

發音重點

嘴巴自然地張開，發出類似「哇」的聲音。

わ わ わ わ ワ ワ ワ

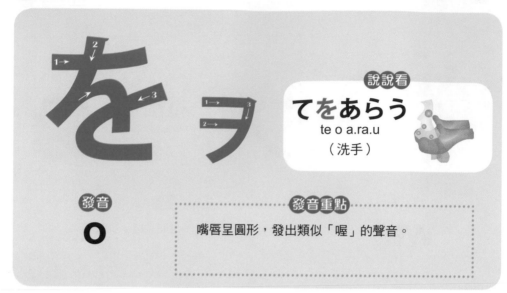

を ヲ

說說看

てをあらう
te o a.ra.u
（洗手）

發音

o

發音重點

嘴唇呈圓形，發出類似「喔」的聲音。

を を を を ヲ ヲ ヲ

清音

ん ン

說說看

みかん
mi.ka.n
（橘子）

發音
n

發音重點
嘴巴微張，發出類似注音符號「ㄥ」的聲音。

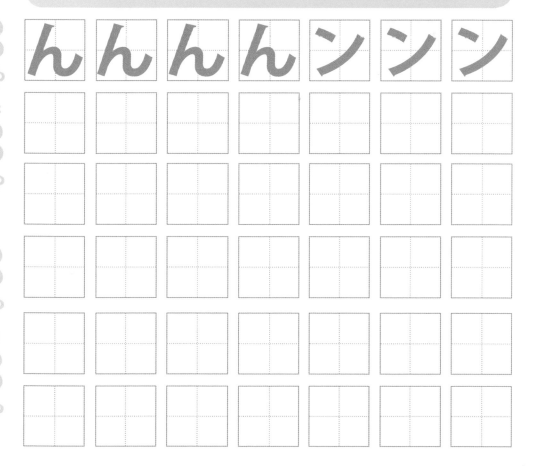

ん ん ん ん ン ン ン ン

濁音・半濁音表

	あ段（a）		い段（i）	
	平假名	片假名	平假名	片假名
が行（g）	が	ガ	ぎ	ギ
	ga		gi	
ざ行（z）	ざ	ザ	じ	ジ
	za		ji	
だ行（d）	だ	ダ	ぢ	ヂ
	da		ji	
ば行（b）	ば	バ	び	ビ
	ba		bi	
ぱ行（p）	ぱ	パ	ぴ	ピ
	pa		pi	

學習要點

● 「濁音」和「半濁音」是由清音變化而來。清音的「か、さ、た、は」行在右上角加上兩個點，就變成了濁音「が、ざ、だ、ば」行；但是只有清音的「は」行在右上角加一個小圈圈，才會變成半濁音「ぱ」行。

濁音・半濁音

う段（u）		え段（e）		お段（o）	
平假名	片假名	平假名	片假名	平假名	片假名
ぐ	グ	げ	ゲ	ご	ゴ
gu		ge		go	
ず	ズ	ぜ	ゼ	ぞ	ゾ
zu		ze		zo	
づ	ヅ	で	デ	ど	ド
zu		de		do	
ぶ	ブ	べ	ベ	ぼ	ボ
bu		be		bo	
ぷ	プ	ぺ	ペ	ぽ	ポ
pu		pe		po	

● 濁音總共有二十個假名，但是唸法其實只有十八種。其中「ず」和「づ」的唸法相同，「じ」和「ぢ」的唸法相同，要特別注意喔！

● 濁音的二十個假名裡，「が、ぎ、ぐ、げ、ご」這五個音還可以發「鼻濁音」喔！差別在於發出來的聲音含有鼻音。

發音
ga カ　　**gi ギ**　　**gu グ**

發音重點

張開嘴巴，發出類似「嘎」的聲音。

嘴角往兩旁延展，發出類似台語「奇」的聲音。

嘴角向中間靠攏，發出類似「咕」的聲音。

說說看

がか
ga.ka
（畫家）

ぎもん
gi.mo.n
（疑問）

ぐ
gu
（配料）

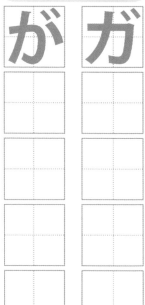

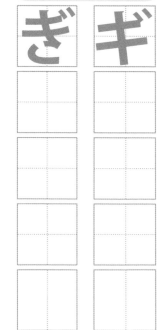

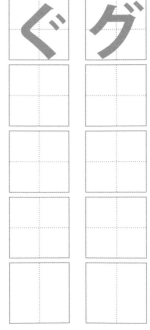

發音
ge ゲ

發音重點
嘴巴扁平，發出類似「給」的聲音。

說說看
げた
ge.ta
（木屐）
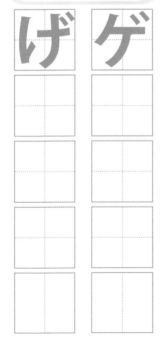

發音
go ゴ

發音重點
嘴唇呈圓形，發出類似「勾」的聲音。

說說看
ごみ
go.mi
（垃圾）
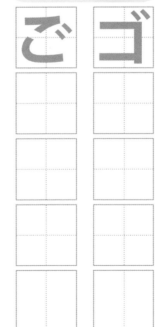

げ　ゲ　ご　ゴ

發音 za ザ

發音重點

嘴巴自然地張開，發出類似「紮」的聲音。

說說看

ざる
za.ru
（竹簍）
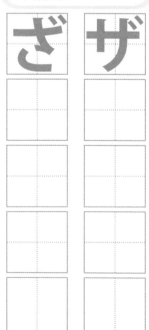

發音 ji ジ

發音重點

牙齒微微咬合，嘴角往兩旁延展，發出類似「機」的聲音。

說說看

じこ
ji.ko
（事故）
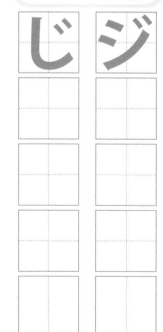

發音 zu ズ

發音重點

嘴角向中間靠攏，發出類似「租」的聲音。

說說看

ずつう
zu.tsu.u
（頭痛）
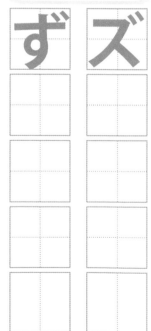

ざ　ザ　じ　ジ　ず　ズ

🎵 MP3-056　　🎵 MP3-057

發音
ze ゼ

發音重點

嘴巴扁平，發出類似台
語「很多」的「多」的
聲音。

說說看

ぜいにく
ze.e.ni.ku
（贅肉）

發音
zo ゾ

發音重點

嘴唇呈圓形，發出類似
「鄒」的聲音。

說說看

ぞうきん
zo.o.ki.n
（抹布）

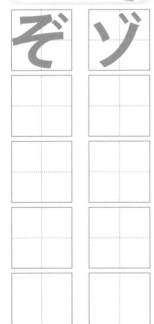

ぜ	ゼ	ぞ	ゾ

發音
da ダ

・・・・・・・ 發音重點 ・・・・・・・

嘴巴自然地張開，發出
類似「搭」的聲音。

說說看

だいこん
da.i.ko.n
（白蘿蔔）

發音
ji ヂ

・・・・・・・ 發音重點 ・・・・・・・

牙齒微微咬合，嘴角往
兩旁延展，發出類似
「機」的聲音。

說說看

はなぢ
ha.na.ji
（鼻血）

發音
zu ヅ

・・・・・・・ 發音重點 ・・・・・・・

嘴角向中間靠攏，發出
類似「租」的聲音。

說說看

みかづき
mi.ka.zu.ki
（上弦月）

だ　ダ　ぢ　ヂ　づ　ヅ

MP3-061

MP3-062

發音
de テ

發音
do ド

發音重點

舌尖輕彈上齒,發出類
似台語「茶」的輕聲。

發音重點

嘴唇呈圓形,發出類似
「兜」的聲音。

說說看
でんわ
de.n.wa
(電話)

說說看
どらやき
do.ra.ya.ki
(銅鑼燒)

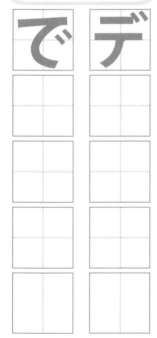

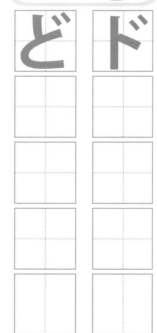

で	デ	ど	ド

發音
ba バ

…… 發音重點 ……

嘴巴自然地張開，發出
類似「巴」的聲音。

說說看
ばら
ba.ra
（玫瑰）

發音
bi ビ

…… 發音重點 ……

嘴角往兩側延展，發出
類似「逼」的聲音。

說說看
びん
bi.n
（瓶子）

發音
bu ブ

…… 發音重點 ……

以扁唇發出類似
「ㄅㄨ」的聲音。

說說看
ぶた
bu.ta
（豬）

ば	バ	び	ビ	ぶ	ブ

MP3-066

MP3-067

濁音 半濁音

發音
be ベ

發音
bo ボ

─ 發音重點 ─

嘴角往左右拉平，發出
類似「杯」的聲音。

─ 發音重點 ─

嘴唇呈圓形，發出類似
「剝」的聲音。

說說看
べんとう
be.n.to.o
（便當）

說說看
ぼうし
bo.o.shi
（帽子）

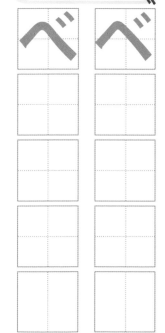

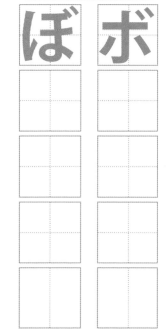

ぱ

發音 パ

pa

・・・・ 發音重點 ・・・・
嘴巴自然地張開，發出
類似「趴」的聲音。

說說看

パン
pa.n
（麵包）

ぴ

發音 ピ

pi

・・・・ 發音重點 ・・・・
嘴角往兩側延展，發出
類似「匹」的聲音。

說說看

えんぴつ
e.n.pi.tsu
（鉛筆）

ぷ

發音 プ

pu

・・・・ 發音重點 ・・・・
以扁唇發出類似「噗」
的聲音。

說說看

プリン
pu.ri.n
（布丁）

ぱ　パ　ぴ　ピ　ぷ　プ

MP3-071　　MP3-072

發音

pe

發音重點

嘴角往左右拉平,發出
類似「胚」的聲音。

說說看

ペンギン
pe.n.gi.n
(企鵝)

發音

po

發音重點

嘴唇呈圓形,發出類似
「坡」的聲音。

說說看

ポスト
po.su.to
(郵筒)

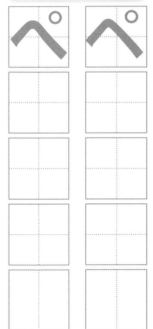

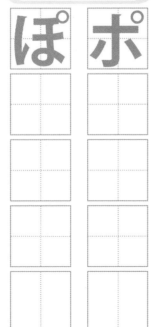

拗音表

	平假名	片假名	平假名	片假名
	きゃ	キャ	きゅ	キュ
	kya		kyu	
	しゃ	シャ	しゅ	シュ
	sha		shu	
	ちゃ	チャ	ちゅ	チュ
	cha		chu	
	にゃ	ニャ	にゅ	ニュ
	nya		nyu	
	ひゃ	ヒャ	ひゅ	ヒュ
	hya		hyu	
	みゃ	ミャ	みゅ	ミュ
	mya		myu	
	りゃ	リャ	りゅ	リュ
	rya		ryu	
	ぎゃ	ギャ	ぎゅ	ギュ
	gya		gyu	
	じゃ	ジャ	じゅ	ジュ
	ja		ju	
	びゃ	ビャ	びゅ	ビュ
	bya		byu	
	ぴゃ	ピャ	ぴゅ	ピュ
	pya		pyu	

學習要點

● 拗音的構成，是「い」段假名裡面除了「い」之外，其他如「き、し、ち、に、ひ、み、り、ぎ、じ、び、ぴ」幾個音，在其右下方加上字體較小的「ゃ、ゅ、ょ」，二個音合成一個音之後，就形成了拗音。

● 一定要注意的是寫拗音時，字體較小的「ゃ、ゅ、ょ」必須寫在「い」段假名的右下方，如「きゃ」。

平假名	片假名			
きょ	キョ			
	kyo			
しょ	ショ			
	sho			
ちょ	チョ			
	cho			
にょ	ニョ			
	nyo			
ひょ	ヒョ			
	hyo			
みょ	モョ			
	myo			
りょ	リョ			
	ryo			
ぎょ	ギョ			
	gyo			
じょ	ジョ			
	jo			
びょ	ビョ			
	byo			
ぴょ	ピョ			
	pyo			

● 拗音的唸法，是把兩個假名的音拼在一起，例如「きゃ」（kya）這個發音，就是「き」（ki）和「や」（ya）合併來的。

● 從原本二個假名的「きや」（ki.ya）變成的假名「きゃ」（kya），發音有點像是台語的「站」，從台語來記憶是不是好玩多了呢？拗音還有什麼其他有趣的記法？我們趕快接著看下去吧！

發音

kya

發音

kyu

發音重點

嘴巴自然地張開，將「き」（ki）和「や」（ya）用拼音方式，發出類似台語「站」的輕聲。

發音重點

嘴角向中間靠攏，將「き」（ki）和「ゆ」（yu）用拼音方式，發出類似英文字母「Q」的聲音。

說說看

きゃくほん
kya.ku.ho.n
（劇本）

說說看

きゅうり
kyu.u.ri
（小黃瓜）

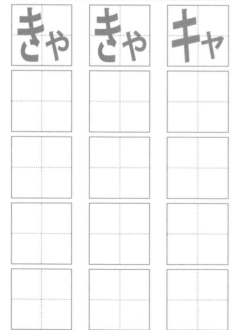

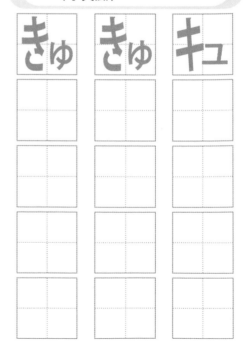

發音
kyo

發音重點

嘴唇呈圓形，將「き」（ki）和「よ」
（yo）用拼音方式，發出類似台語
「撿」的聲音。

說說看

きょり
kyo.ri
（距離）

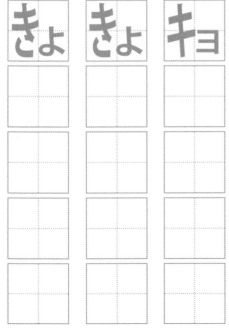

sha

發音重點

嘴巴自然地張開，將「し」（shi）和「や」（ya）用拼音方式，發出類似「瞎」的聲音。

說說看

しゃりん
sha.ri.n
（車輪）

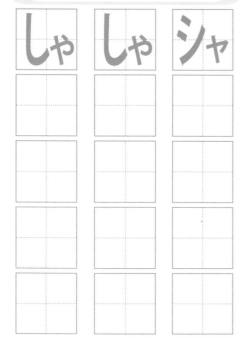

しゃ	しゃ	シャ

發音
shu

發音重點

嘴角向中間靠攏，將「し」（shi）和「ゆ」（yu）用拼音方式，發出類似台語「收」的聲音。

說說看

しゅくだい
shu.ku.da.i
（功課、作業）

しゅ	しゅ	シュ

拗音

發音
sho ショ

發音重點

嘴唇呈圓形，將「し」（shi）和「よ」
（yo）用拼音方式，發出類似「休」的
聲音。

說說看

しょくじ

sho.ku.ji
（用餐）

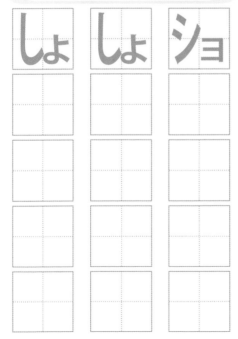

しょ	しょ	ショ

發音
cha

發音
chu

發音重點

嘴巴自然地張開，將「ち」（chi）和「や」（ya）用拼音方式，發出類似「掐」的聲音。

發音重點

嘴角向中間靠攏，將「ち」（chi）和「ゆ」（yu）用拼音方式，發出類似台語「秋」的聲音。

說說看

ちゃわん
cha.wa.n
（飯碗）

說說看

ちゅうこ
chu.u.ko
（中古、二手）

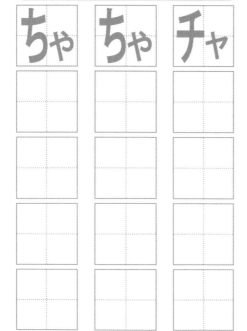

🎵 MP3-081　　　　　　　　　　　　　拗音

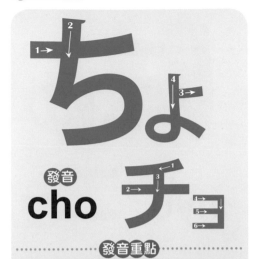

ちょ チョ

發音
cho

發音重點
嘴唇呈圓形，將「ち」（chi）和「よ」
（yo）用拼音方式，發出類似「丘」的
聲音。

說說看
ちょくせん
cho.ku.se.n
（直線）

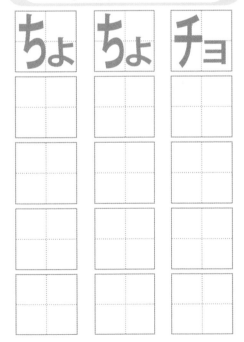

發音

nya　ニャ

發音重點

嘴巴自然地張開，舌頭抵在齒後，將「に」（ni）和「や」（ya）用拼音方式，發出類似台語「山嶺」的「嶺」的輕聲。

說說看

にゃあにゃあ
nya.a.nya.a
（喵喵（貓咪的叫聲））

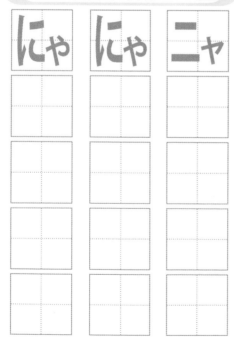

發音

nyu　ニュ

發音重點

嘴角向中間靠攏，舌頭抵在齒後，將「に」（ni）和「ゆ」（yu）用拼音方式，發出類似英文「new」的聲音。

說說看

にゅうし
nyu.u.shi
（入學考試）

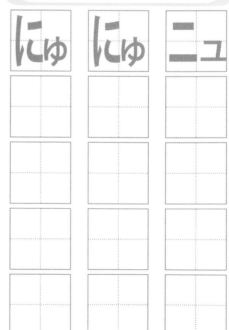

にゃ	にゃ	ニャ

にゅ	にゅ	ニュ

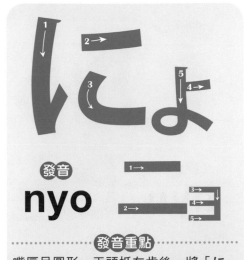

發音

nyo

發音重點

嘴唇呈圓形，舌頭抵在齒後，將「に」
（ni）和「よ」（yo）用拼音方式，發出
類似「妞」的聲音。

說說看

にょう
nyo.o
（尿）

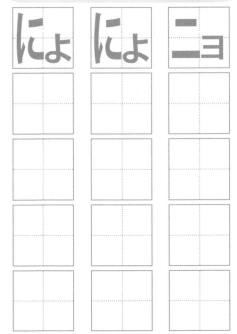

にょ	にょ	ニョ

發音
hya ヒャ

發音
hyu ヒュ

發音重點

嘴巴自然地張開，將「ひ」（hi）和「や」（ya）用拼音方式，發出類似台語「蟻」的聲音。

發音重點

嘴角向中間靠攏，將「ひ」（hi）和「ゆ」（yu）用拼音方式，發出類似台語「休息」中「休」的聲音。

說說看

ひゃく
hya.ku
（一百）

說說看

ひゅうがし
hyu.u.ga.shi
（日向市，位於日本宮崎縣北部）

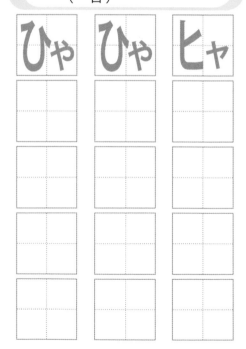

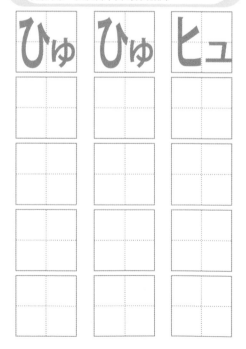

MP3-087

発音 hyo ヒョ

發音重點

嘴唇呈圓形，將「ひ」（hi）和「よ」（yo）用拼音方式，發出類似台語「歇睏」中「歇」的聲音。

說說看

ひょう
hyo.o
（豹）

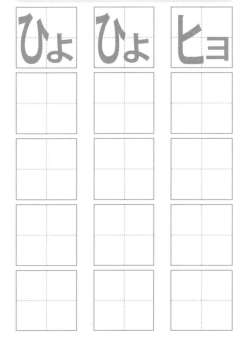

MP3-088 MP3-089

発音
mya ミャ

発音
myu ミュ

──發音重點──
嘴巴自然地張開，舌頭抵在齒後，將「み」（mi）和「や」（ya）用拼音方式，發出類似台語「命」的聲音。

──發音重點──
嘴角向中間靠攏，將「み」（mi）和「ゆ」（yu）用拼音方式，發出「myu」的聲音。

說說看
みゃく
mya.ku
（脈搏）

說說看
ミュール
myu.u.ru
（高跟涼鞋）

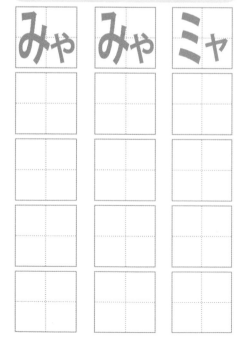

みゃ	みゃ	ミャ	みゅ	みゅ	ミュ

發音

myo

發音重點

嘴唇呈圓形，將「み」（mi）和「よ」（yo）用拼音方式，發出類似「謬」的輕聲。

說說看

みょうやく
myo.o.ya.ku
（特效藥）

發音　rya　リャ

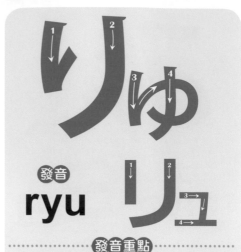

發音　ryu　リュ

發音重點

嘴巴自然地張開，將「り」（ri）和「や」（ya）用拼音方式，發出類似台語「抓」的聲音。

發音重點

嘴角向中間靠攏，將「り」（ri）和「ゆ」（yu）用拼音方式，發出類似台語「泥鰍」的「鰍」的聲音。

說說看

りゃくだつ
rya.ku.da.tsu
（掠奪、搶奪）

說說看

りゅうねん
ryu.u.ne.n
（留級）

りゃ	りゃ	リャ

りゅ	りゅ	リュ

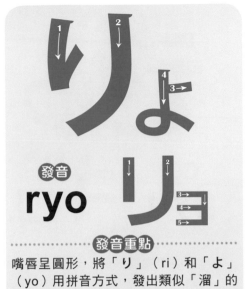

發音
ryo

發音重點

嘴唇呈圓形，將「り」（ri）和「よ」
（yo）用拼音方式，發出類似「溜」的
聲音。

說說看

りょこう
ryo.ko.o
（旅行）

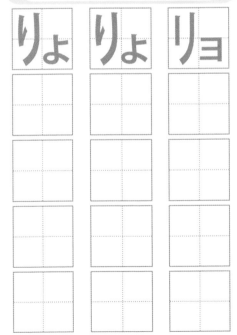

發音
gya

發音
gyu

發音重點

嘴巴自然地張開，將「ぎ」（gi）和「や」（ya）用拼音方式，發出類似台語「驚」的聲音。

發音重點

嘴角向中間靠攏，將「ぎ」（gi）和「ゆ」（yu）用拼音方式，發出類似台語「縮」的聲音。

說說看

ギャグ
gya.gu
（搞笑的話或動作）

說說看

ぎゅうにゅう
gyu.u.nyu.u
（牛奶）

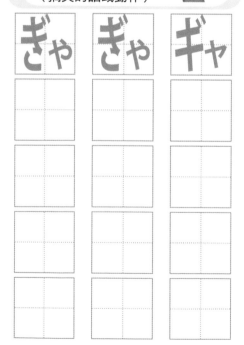

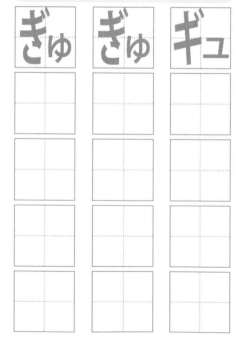

發音

gyo

發音重點

嘴唇呈圓形，將「ぎ」（gi）和「よ」（yo）用拼音方式，發出類似台語「叫」的聲音。

說說看

ぎょかい
gyo.ka.i

（魚類和貝類）

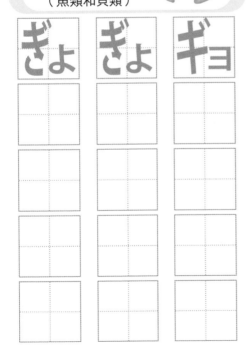

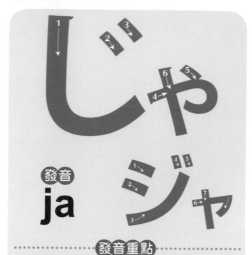

發音

ja　ジャ

ju　ジュ

發音重點

嘴巴自然地張開，將「じ」（ji）和「や」（ya）用拼音方式，發出類似「家」的聲音。

嘴角向中間靠攏，將「じ」（ji）和「ゆ」（yu）用拼音方式，發出類似台語「周」的聲音。

說說看

じゃがいも
ja.ga.i.mo
（馬鈴薯）

じゅけん
ju.ke.n
（應考）

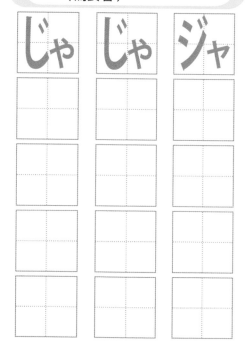

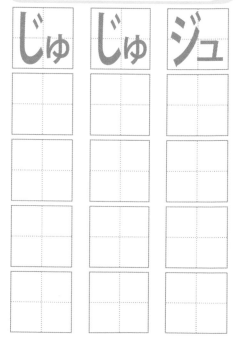

発音
jo

發音重點

嘴唇呈圓形，將「じ」（ji）和「よ」（yo）用拼音方式，發出類似「糾」的聲音。

說說看

じょせい
jo.se.e
（女性）

じょ	じょ	ジョ

發音

bya

發音

byu

──── 發音重點 ────

嘴巴自然地張開，將「び」（bi）和「や」（ya）用拼音方式，發出類似台語「壁」的聲音。

──── 發音重點 ────

嘴角向中間靠攏，將「び」（bi）和「ゆ」（yu）用拼音方式，發出類似「byu」的聲音。

說說看

さんびゃく
sa.n.bya.ku
（三百）

說說看

ビュー
byu.u
（景色）

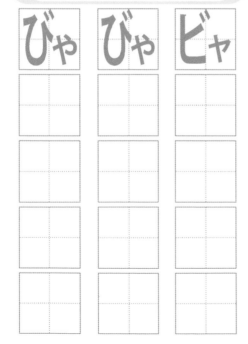

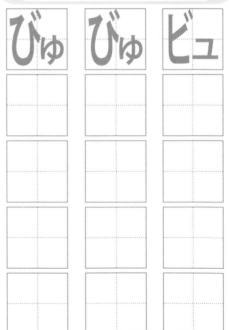

發音
byo ビョ

發音重點

嘴唇呈圓形，將「び」（bi）和「よ」
（yo）用拼音方式，發出類似台語
「標」的聲音。

說說看

びょうき
byo.o.ki
（疾病）

びょ	びょ	ビョ

發音

pya　ピャ

發音重點

嘴巴自然地張開，將「ぴ」（pi）和「や」（ya）用拼音方式，發出類似台語「癖」的聲音。

說說看

ろっぴゃく
ro.p.pya.ku
（六百）

600

發音

pyu　ピュ

發音重點

嘴角向中間靠攏，將「ぴ」（pi）和「ゆ」（yu）用拼音方式，發出類似「pyu」的聲音。

說說看

ピューリタン
pyu.u.ri.ta.n
（清教徒）

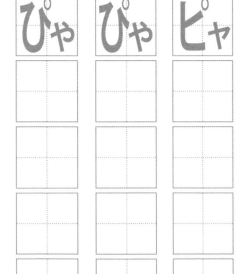

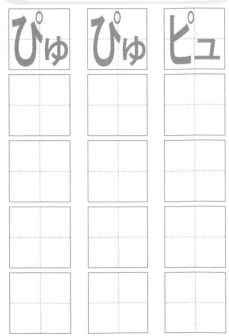

拗音

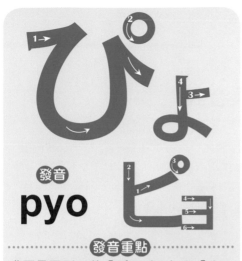

發音
pyo

發音重點

嘴唇呈圓形，將「ぴ」（pi）和「よ」
（yo）用拼音方式，發出類似台語
「票」的聲音。

說說看

ぴょんぴょん
pyo.n.pyo.n
（輕快蹦跳的樣子）

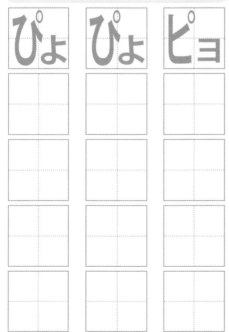

促音表

平假名	片假名
っ	ッ
t	

長音表

	あ段（a）		い段（i）	
	平假名	片假名	平假名	片假名
あ行	ああ	アー	いい	イー
	a.a		i.i	
か行（k）	かあ	カー	きい	キー
	ka.a		ki.i	
さ行（s）	さあ	サー	しい	シー
	sa.a		shi.i	
た行（t）	たあ	ター	ちい	チー
	ta.a		chi.i	
な行（n）	なあ	ナー	にい	ニー
	na.a		ni.i	
は行（h）	はあ	ハー	ひい	ヒー
	ha.a		hi.i	
ま行（m）	まあ	マー	みい	ミー
	ma.a		mi.i	
や行（y）	やあ	ヤー		
	ya.a			
ら行（r）	らあ	ラー	りい	リー
	ra.a		ri.i	
わ行（w）	わあ	ワー		
	wa.a			

學習要點

● 日語的促音只有一個，就是「っ」。寫法是把假名「つ」變成字體較小的「っ」。

● 促音不會單獨存在，它的前面必須有字，例如：「あっ」（啊！），或者是前後都有字，例如：「きっぷ」（車票）。

● 促音它也不像拗音一樣是寫在其他假名的右下方，它是單獨一個字，例如從「きって」（郵票）就可以看出「っ」是寫在「き」和「て」的正中央。

促音・長音

う段（u）		え段（e）		お段（o）	
平假名	片假名	平假名	片假名	平假名	片假名
うう	ウー	えい / ええ	エー	おう / おお	オー
u.u		e.e		o.o	
くう	クー	けい / けえ	ケー	こう / こお	コー
ku.u		ke.e		ko.o	
すう	スー	せい / せえ	セー	そう / そお	ソー
su.u		se.e		so.o	
つう	ツー	てい / てえ	テー	とう / とお	トー
tsu.u		te.e		to.o	
ぬう	ヌー	ねい / ねえ	ネー	のう / のお	ノー
nu.u		ne.e		no.o	
ふう	フー	へい / へえ	ヘー	ほう / ほお	ホー
fu.u		he.e		ho.o	
むう	ムー	めい / めえ	メー	もう / もお	モー
mu.u		me.e		mo.o	
ゆう	ユー			よう / よお	ヨー
yu.u				yo.o	
るう	ルー	れい / れえ	レー	ろう / ろお	ロー
ru.u		re.e		ro.o	

☆ 僅列出清音，濁音、半濁音、拗音的長音規則皆同。

● 促音雖然在發音上也算一拍，但是它不需發出聲音，而是停頓一拍。
● 要用羅馬拼音標示促音的時候，方法為重覆下一個假名的第一個拼音字母，像是「きって」就是「ki.t.te」。
● 日語發音時，嘴型保持不變，將發音拉長一拍，就叫做長音。
● 片假名中表示長音的符號是「ー」，遇到直寫時，必須豎起成「｜」。

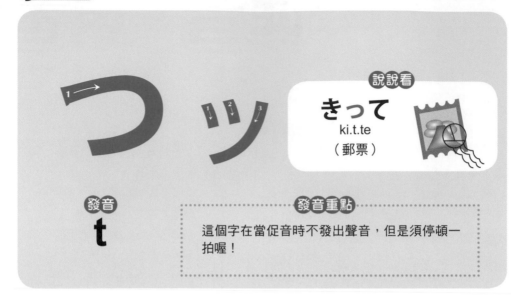

つ ツ

說說看
きって
ki.t.te
（郵票）

發音
t

發音重點
這個字在當促音時不發出聲音，但是須停頓一拍喔！

| つ | つ | つ | つ | ツ | ツ | ツ |

說說看

ビール
bi.i.ru
（啤酒）

1→ ▬▬▬▬▬

發音十重點

日文的假名，每個字都要唸一拍。所以長音的發音，必須依據前面母音，拉長多唸一拍。因為有沒有長音，意思是不一樣的喔！

發音規則十標示方法！

- あ、い、う、え、お是日語的母音，長音是兩個相同母音同時出現時，所形成的音。什麼時候要唸長音呢？

> あ段假名後面有あ時，例如：お<u>か</u>あさん（媽媽）
> い段假名後面有い時，例如：お<u>に</u>いさん（哥哥）
> う段假名後面有う時，例如：<u>く</u>うき（空氣）
> え段假名後面有え時，例如：お<u>ね</u>えさん（姊姊）
> お段假名後面有お時，例如：<u>こ</u>おり（冰塊）
> え段假名後面有い時，例如：<u>け</u>いさつ（警察）
> お段假名後面有う時，例如：<u>よ</u>うふく（衣服）

- 片假名的長音，一律用「ー」標示，例如：キー（鑰匙），當直書時，長音也要豎著寫成「丨」。

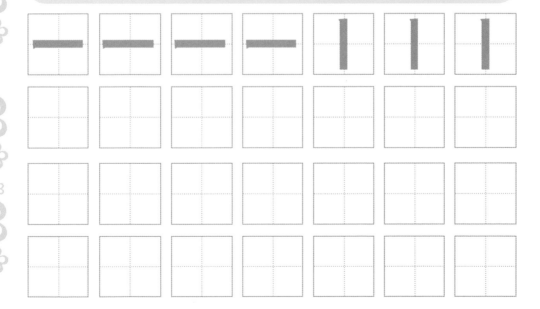

附錄

　　本單元精心整理出五類生活常用語彙及會話：「家庭樹」、「日本重要地名」、「菜單」、「動物」、「打招呼用語」，輕輕鬆鬆增加你的單字量。

　　「日文輸入法」從基礎設定到輸入法技巧，打字寫報告、上網搜尋最實用！

家族樹 ↘

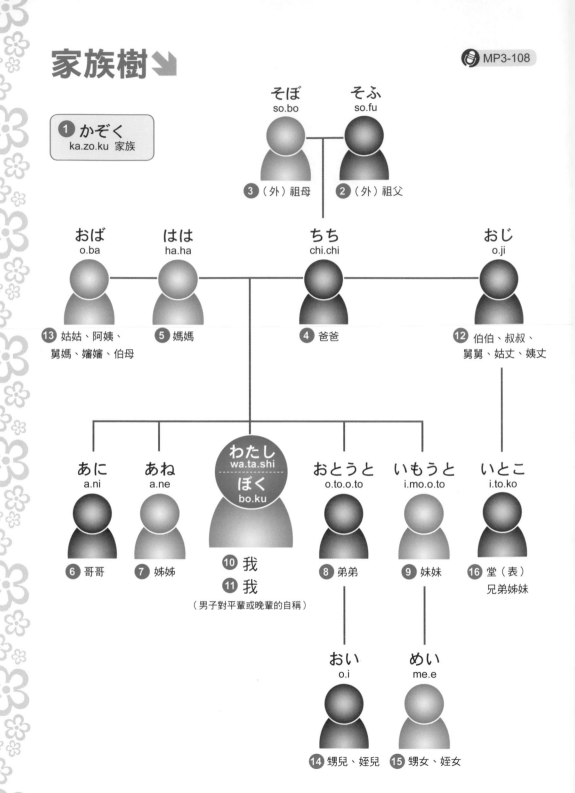

1 かぞく
ka.zo.ku 家族

そぼ
so.bo
3 （外）祖母

そふ
so.fu
2 （外）祖父

おば
o.ba
13 姑姑、阿姨、
舅媽、嬸嬸、伯母

はは
ha.ha
5 媽媽

ちち
chi.chi
4 爸爸

おじ
o.ji
12 伯伯、叔叔、
舅舅、姑丈、姨丈

あに
a.ni
6 哥哥

あね
a.ne
7 姊姊

わたし
wa.ta.shi
ぼく
bo.ku
10 我
11 我
（男子對平輩或晚輩的自稱）

おとうと
o.to.o.to
8 弟弟

いもうと
i.mo.o.to
9 妹妹

いとこ
i.to.ko
16 堂（表）
兄弟姊妹

おい
o.i
14 甥兒、姪兒

めい
me.e
15 甥女、姪女

讀一讀，寫一寫，把這些字都記下來吧！

#			
1	かぞく ka.zo.ku 家族	かぞく	
2	そふ so.fu （外）祖父	そふ	
3	そぼ so.bo （外）祖母	そぼ	
4	ちち chi.chi 爸爸	ちち	
5	はは ha.ha 媽媽	はは	
6	あに a.ni 哥哥	あに	
7	あね a.ne 姊姊	あね	
8	おとうと o.to.o.to 弟弟	おとうと	
9	いもうと i.mo.o.to 妹妹	いもうと	
10	わたし wa.ta.shi 我	わたし	
11	ぼく 我（男子對平輩 bo.ku 或晚輩的自稱）	ぼく	
12	おじ 伯伯、叔叔、 o.ji 舅舅、姑丈、姨丈	おじ	
13	おば 姑姑、阿姨、 o.ba 舅媽、嬸嬸、伯母	おば	
14	おい o.i 甥兒、姪兒	おい	
15	めい me.e 甥女、姪女	めい	
16	いとこ i.to.ko 堂（表）兄弟姊妹	いとこ	

日本重要地名 ↘

おきなわ
⑤ 沖縄
⑰

ほっかいどう
④ 北海道
⑩

きゅうしゅう
③ 九 州
⑬ ⑮

⑭

⑫

⑪
⑧

⑯

⑨

⑥
⑦

しこく
② 四国

ほんしゅう
① 本州

讀一讀，寫一寫，把這些字都記下來吧！

1 **ほんしゅう** ho.n.shu.u 本州	ほんしゅう	
2 **しこく** shi.ko.ku 四國	しこく	
3 **きゅうしゅう** kyu.u.shu.u 九州	きゅうしゅう	
4 **ほっかいどう** ho.k.ka.i.do.o 北海道	ほっかいどう	
5 **おきなわ** o.ki.na.wa 沖繩	おきなわ	
6 **とうきょう** to.o.kyo.o 東京	とうきょう	
7 **よこはま** yo.ko.ha.ma 橫濱	よこはま	
8 **おおさか** o.o.sa.ka 大阪	おおさか	
9 **なごや** na.go.ya 名古屋	なごや	
10 **さっぽろ** sa.p.po.ro 札幌	さっぽろ	
11 **こうべ** ko.o.be 神戶	こうべ	
12 **きょうと** kyo.o.to 京都	きょうと	
13 **ふくおか** fu.ku.o.ka 福岡	ふくおか	
14 **ひろしま** hi.ro.shi.ma 廣島	ひろしま	
15 **きたきゅうしゅう** ki.ta.kyu.u.shu.u 北九州	きたきゅうしゅう	
16 **せんだい** se.n.da.i 仙台	せんだい	
17 **なは** na.ha 那霸	なは	

菜單 ↘

讀一讀，寫一寫，把這些字都記下來吧！

1 すし
su.shi 壽司　　　すし

2 しゃぶしゃぶ
sha.bu.sha.bu 涮涮鍋　　　しゃぶしゃぶ

3 とうふ
to.o.fu 豆腐　　　とうふ

4 おでん
o.de.n 關東煮　　　おでん

5 もち
mo.chi 年糕　　　もち

6 わがし
wa.ga.shi 和菓子　　　わがし

7 たこやき
ta.ko.ya.ki 章魚燒　　　たこやき

8 とんかつ
to.n.ka.tsu 炸豬排　　　とんかつ

9 **みそしる** mi.so.shi.ru 味噌湯	みそしる		
10 **カレーライス** ka.re.e.ra.i.su 咖哩飯	カレーライス		
11 **ぎゅうどん** gyu.u.do.n 牛丼	ぎゅうどん		
12 **オムライス** o.mu.ra.i.su 蛋包飯	オムライス		
13 **ビール** bi.i.ru 啤酒	ビール		
14 **コロッケ** ko.ro.k.ke 可樂餅	コロッケ		
15 **ステーキ** su.te.e.ki 牛排	ステーキ		
16 **ラーメン** ra.a.me.n 拉麵	ラーメン		

動物 ↘ *讀一讀，寫一寫，把這些字都記下來吧！*

1 ねずみ
ne.zu.mi 老鼠　　ねずみ

2 うさぎ
u.sa.gi 兔子　　うさぎ

3 へび
he.bi 蛇　　へび

4 ひつじ
hi.tsu.ji 羊　　ひつじ

5 にわとり
ni.wa.to.ri 雞　　にわとり

6 いぬ
i.nu 狗　　いぬ

7 きつね
ki.tsu.ne 狐狸　　きつね

8 ねこ
ne.ko 貓　　ねこ

附錄

9 さる
sa.ru 猴子　　　　さる

10 うし
u.shi 牛　　　　うし

11 ぶた
bu.ta 豬　　　　ぶた

12 きりん
ki.ri.n 長頸鹿　　　きりん

13 わに
wa.ni 鱷魚　　　　わに

14 うま
u.ma 馬　　　　うま

15 ぞう
zo.o 大象　　　　ぞう

16 かめ
ka.me 烏龜　　　　かめ

17 かえる
ka.e.ru 青蛙　　　かえる

打招呼 ↘ 讀一讀，寫一寫，把這些字都記下來吧！

1 はじめまして。
ha.ji.me.ma.shi.te 初次見面。

はじめまして。

2 どうぞよろしく。
do.o.zo yo.ro.shi.ku 請多多指教。

どうぞよろしく。

3 おはようございます。
o.ha.yo.o go.za.i.ma.su 早安。

おはようございます。

4 こんにちは。
ko.n.ni.chi.wa 午安。

こんにちは。

5 こんばんは。
ko.n.ba.n.wa 晚安。

こんばんは。

6 ありがとうございます。
a.ri.ga.to.o go.za.i.ma.su 謝謝。

ありがとうございます。

7 どういたしまして。
do.o i.ta.shi.ma.shi.te 不客氣。

どういたしまして。

8 すみません。
su.mi.ma.se.n 對不起。

すみません。

⑨ どうぞ。
do.o.zo 請。

どうぞ。

⑩ さようなら。
sa.yo.o.na.ra 再見。

さようなら。

⑪ わかりません。
wa.ka.ri.ma.se.n 不知道。

わかりません。

⑫ いくらですか。
i.ku.ra de.su ka 多少錢呢？

いくらですか。

⑬ いただきます。
i.ta.da.ki.ma.su 開動。

いただきます。

⑭ ごちそうさまでした。
go.chi.so.o.sa.ma de.shi.ta 我吃飽了。

ごちそうさまでした。

⑮ ただいま。
ta.da.i.ma 我回來了。

ただいま。

⑯ おかえりなさい。
o.ka.e.ri.na.sa.i 你回來了。

おかえりなさい。

日文輸入法速成

打報告、做簡報、上網，統統都離不開電腦。學會了日文輸入法，當然就方便多了！

日文輸入法設定

現在一般電腦都內建有日文輸入軟體，設定安裝超簡單。

PC環境

游標移至輸入法的icon，按下滑鼠右鍵，選擇「設定值」，在「文字服務和輸入語言」畫面中點選「新增」。（圖1）

圖1

「輸入語言」點選「日文」，「鍵盤配置/輸入法」選擇「Microsoft Standard 2002 ver. 8.1」按下確定，日文輸入法就安裝完成了。（圖2）

圖2

圖3

Microsoft日文輸入法還支援「手寫」功能，可以直接書寫不會唸、也不會打的字。（圖3）

圖4

MAC環境

Mac OS作業系統也支援多國語系，只要進入「系統偏好設定」中，「國際設定」的「輸入法選單」勾選，就可以輸入及顯示日文。（圖4）

日文輸入法

大部分的日文只要應用假名的羅馬拼音，（請參閱本書P.8-9日語音韻表），就可以輕鬆在電腦上打出日文假名，加上空白鍵 Space 就可以轉換平、片假及漢字。促音「っ」只要連續輸入二次促音後假名的第一個拼音字母即可，例如「きって」就打「 K I T T E 」。比較特殊的是，為了與お（o）區隔，「を」的輸入為「 W O 」，而「ん」必須鍵入「 N N 」才會顯示。

有些特殊用字，例如強調語氣時常用的小字，只要在原本的發音前加上 L 或 X ，就可以打出比一般字型更小的假名。所以，要顯示促音「っ」時，也可以依序鍵入 L T S U 或 X T S U 。

試試看！

使用日文輸入法，依序鍵入「 Y A T T O D E K I M A S H I T A 」會出現什麼呢？

解答 やっとできました ya.t.to de.ki.ma.shi.ta 終於完成了！

國家圖書館出版品預行編目資料

超入門日語50音教室 / 元氣日語編輯小組編著；
--初版--臺北市：瑞蘭國際, 2016.07
112面；17 x 23公分 --（元氣日語系列；32）
ISBN：978-986-5639-79-2（平裝附光碟片）
1.日語 2.語音 3.假名

803.1134　　　　　　　　　105010660

元氣日語系列 32

超入門 日語50音教室

編著｜元氣日語編輯小組・責任編輯｜葉仲芸、林家如、王愿琦
校對｜葉仲芸、林家如、王愿琦

日語錄音｜こんどうともこ・中文錄音｜葉仲芸・錄音室｜采漾錄音製作有限公司
封面設計｜劉麗雪・內文排版｜張芝瑜、余佳憓・美術插畫｜張君瑋

董事長｜張暖彗・社長兼總編輯｜王愿琦
編輯部
副總編輯｜葉仲芸・副主編｜潘治婷・文字編輯｜林珊玉、鄧元婷
特約文字編輯｜楊嘉怡・設計部主任｜余佳憓・美術編輯｜陳如琪
業務部
副理｜楊米琪・組長｜林湲洵・專員｜張毓庭

法律顧問｜海灣國際法律事務所　呂錦峯律師

出版社｜瑞蘭國際有限公司・地址｜台北市大安區安和路一段104號7樓之1
電話｜(02)2700-4625・傳真｜(02)2700-4622・訂購專線｜(02)2700-4625
劃撥帳號｜19914152 瑞蘭國際有限公司・瑞蘭國際網路書城｜www.genki-japan.com.tw

總經銷｜聯合發行股份有限公司・電話｜(02)2917-8022、2917-8042
傳真｜(02)2915-6275、2915-7212・印刷｜科億印刷股份有限公司
出版日期｜2016年07月初版1刷・定價｜150元・ISBN｜978-986-5639-79-2
　　　　　2019年03月二版1刷